Charlotte Breyer **Wolkig bis heiter**

Geschichten rund um das Älterwerden

Charlotte Breyer

Wolkig bis heiter

Geschichten rund um das Älterwerden

echter

Bibliografische Information der Deutschen Bibliothek

Die Deutsche Bibliothek verzeichnet diese Publikation in der Deutschen Nationalbibliografie; detaillierte bibliografische Daten sind im Internet über <http://dnb.ddb.de> abrufbar.

www.echter-verlag.de

Umschlag und Satz: Peter Hellmund
Druck und Bindung: Clausen & Bosse, Leck
ISBN 3-429-02712-8

INHALT

Von ganzem Herzen alt

Daß wir immer älter werden, hat sich inzwischen herumgesprochen. In den Medien wird uns vorgerechnet, daß in Ländern wie Deutschland, Frankreich oder Japan die Hälfte der heute Neugeborenen ihren 100. Geburtstag erleben können, und daß auch wir gute Chancen haben, uralt zu werden.

In letzter Zeit befassen sich zudem Wissenschaftler immer intensiver mit dem Thema. Darunter ein sympathischer New Yorker mit deutsch-schwedisch-französischen Wurzeln.

Dieser James Vaupel (59), Gründungsdirektor des Max-Planck-Instituts für demographische Forschung in Rostock, wird auch in Deutschland gern gehört. Besonders gern seine beruhigende Prognose, die da lautet: Auch die Zahl der gesund verlebten Jahre wird zunehmen.

„Diese Errungenschaft der modernen Zivilisation“, so Vaupel „ist ein Geschenk für die Menschen, die aktiv erleben können, wie ihre Kinder heiraten und ihre Enkel groß werden.“ Für die Gesellschaft aber sei das eine enorme Herausforderung, denn längere Lebensläufe erfordern Reformen und Veränderungen.

Fazit: Viele Alte machen viele Probleme!

Wie wahr, wie wahr! Von nichts anderem scheint die Rede zu sein, wenn hierzulande über das Alter gesprochen wird. Niemand scheint sich so recht darüber zu freuen, daß wir alle älter werden.

Auch Frank Schirrmacher, der Autor des Bestsellers „Das Methusalem-Komplott", nicht. Auf mehr als 200 Buchseiten sieht der Herausgeber der Frankfurter Allgemeinen Zeitung (FAZ) eine Selbstwertkrise der alternden Gesellschaft heraufziehen, die das ganze Land in schlechte Stimmung versetze.

Warum also bleiben wir nicht ewig jung, und was ist Alter überhaupt?

„Wir wissen es nicht", meint dazu James Vaupel lapidar. Fest stehe jedoch, daß die Zugewinne an Lebenserwartung hauptsächlich auf medizinische und hygienische Fortschritte zurückgehen. Auch, daß manche Menschen wohl eine bessere Reparaturwerkstatt in sich haben als andere und daher länger aktiv bleiben.

Die gewonnenen Jahre, denen James Vaupel auf der Spur ist, sind aber nur dann ein Geschenk, wenn wir uns entschlossen haben, gerne alt zu werden.

Wie das gehen kann?

Realistisch sein. Nichts beschönigen, aber in den Veränderungen nicht nur Negatives, sondern auch

Gewinn, Zuwachs an Wissen und Verstehen erkennen.

„Die Lust, diese Welt zu begreifen, macht mir das Alter unglaublich lebenswert“, sagte die 87jährige Psychoanalytikerin Margarete Mitscherlich. „Und solange es Neues gibt“, fügte sie hinzu „ist das Leben schön.“

Von ganzem Herzen alt sein also?

Kann man das, fragen Skeptiker natürlich sofort. Kann ich das, fragen Sie sich und die meisten anderen auch.

Wir haben es nicht gelernt, also müssen wir es versuchen und üben. Wir haben auch keine Vorbilder, denn wir leben anders als unsere Eltern und Großeltern. Es wäre ein Erfolg für uns alle, wenn es gelingen würde, aus dem Altwerden „Lebenskunst für die reifen Jahre“ zu machen.

Vielleicht können ja die nächsten 23 Kapitel dieses Büchleins dazu beitragen.

Bis zur letzten Sofakartoffel

Bewegen, bewegen, bewegen – wie ein Mantra werden diese Wörter wiederholt, wenn es um uns Ältere geht. Egal, was weh tut, egal, was der Blutdruck sagt, die Alten werden gescheucht. Aufs Fahrrad, ins Fitnesscenter, ins Wasser, und seit Neuestem an Stöcken zum Nordic-Walking in den Wald. Wie wir die Hüften kräftigen und den Gelenkverschleiß bremsen können, wie wir Balance halten und Pfunde an den richtigen Stellen verlieren können, das ist in den Apothekenzeitungen nachzulesen. Dazu gibt es Abbildungen von lächelnden, mittelalterlichen Damen in flotter Sportkleidung. Die Herren scheinen sich nicht zu eignen als Gesundheits-Models, im Fitnesscenter allerdings treffen wir sie zahlreich. Schwitzend, stöhnend und – wenn das Programm absolviert ist – mit letzter Kraft triumphierend lächelnd. Ebenso im Freigehege als Jogger. Erstaunlich, wen man da, bis zur Unkenntlichkeit verkleidet, treffen kann.

„Ich laufe, also bin ich", könnte es in Anlehnung an Descartes' Spruch über das Denken heißen, angesichts der keuchenden Senioren auf allen Waldwegen.

Harmlose Spaziergänger müssen weichen – warum eigentlich? – , haben keine Chance, gegrüßt zu werden, und die Faulen daheim, die die Wohnung hüten, müssen sich sowieso schämen.

Sie wissen, daß sie selbst schuld sind an ihren morschen Knochen und daß sie kein Mitleid zu erwarten haben, wenn sie demnächst im Rollstuhl sitzen werden. Denn nur wer joggt und robbt, bis ihm die Puste ausgeht, ist ein guter Rentner.

So jedenfalls sind die Signale der Vorturner und Dauerläufer aus der Gesundheits-Lobby zu verstehen, die nicht ruhen werden, bis sie das Seniorenvolk bis zur allerletzten Sofakartoffel mobilisiert haben.

Und wenn man dann mit gegrätschten Beinen auf rutschfestem Boden zu Hause im Unterhemd morgens seine Übungen absolviert, bemüht, sich cholesterinsenkend und damit kassenfreundlich zu verhalten, dann noch im Vierfüßlerstand auf die Gymnastikmatte niedergeht, die Unterarme parallel auf den Boden legt, ein Bein angewinkelt nach oben in Richtung Decke streckt, es absinken läßt und erneut anhebt, das achtmal wiederholt, um später das andere Bein zu aktivieren, dann denkt man schon mal nach über den „wohlverdienten Ruhestand“ und darüber, ob man nicht doch ein bißchen mehr Schonung verdient hätte.

Komisch ist auch, daß fast alle, die sich so abplagen, um der „Arthrose davonzulaufen“, ein Zipperlein haben und über Schmerzen klagen. „Gerade heute geht es nicht so gut“, hört man oft, „das Knie will nicht so recht, und gestern war die Schulter bockig.“ Aber das liegt dann natürlich immer am Wetter.

Altersbeschwerden?

Ein Name fällt uns immer sofort ein, wenn wir wieder einmal nicht wissen, wie der Herr heißt, den wir gerade auf der Straße getroffen haben: „A l z h e i m e r“ buchstabieren die grauen Zellen, während wir ihn, mit dem wir ein längeres Gespräch geführt haben, namenlos verabschieden.

Am Stammtisch heißt es immer öfter: „na, ihr wißt schon“, denn die Namen bekannter Schauspieler, Politiker oder Schriftsteller, Operntitel, Buchtitel oder Straßennamen liegen uns zwar auf der Zunge, haben wir im Ohr oder gar vor Augen, aber sie fallen uns nicht ein. Meistens auch den anderen nicht, was wiederum zu einer Belebung der Unterhaltung führen kann.

Während dieses geistige Schwächeln kollektiv noch gut überbrückt werden kann, ist das mit den orthopädischen Zipperlein schwerer.

„Was macht die Hüfte?“, ist eine gängige Begrüßungsformel geworden, je nach Bedarf abgewandelt in: „Was macht das Knie?“

Beide machen meistens „nicht so gut“, und so werden aus Wanderungen allmählich Spaziergänge; früher oder später trifft man sich gleich in der

Wirtschaft. Dort, beim Schoppen, kommen dann die „Internisten“ zum Zuge. Geheimnisvolle Zahlen, „Werte“ genannt, werden zitiert und verglichen. Computer haben sie in Laboren nach der Untersuchung von allerlei Flüssigkeitsproben, die vorher dem Senioren-Körper entnommen wurden, in langen Listen erfaßt.

Meist hat der Hausarzt festgestellt, daß diese Werte zu hoch ausgefallen sind. Ernährung umstellen, lautet das therapeutische Gebot. Aber das interessiert nur verbal. Her mit der Speisekarte, bestellt wird, was schmeckt.

Altersbeschwerden? – Könnte man sagen. Aber es kommt auf die Sichtweise an.

Vicco von Bülow zum Beispiel, Deutschlands größter Humorist, brummte im Alter von 80 Jahren: „Das Altern ist schon eine Zumutung!“ Wie zum Trotz nahm er einen Lehrauftrag als Honorarprofessor in Berlin an der Universität der Künste (UdK) an und machte sich Gedanken über die sinnvolle Verwendung „bejahrter Herumstreuner“, zu denen er sich selbst zählt. Er kennt seine Fähigkeiten und weiß sie einzusetzen. Alterskompetenz nennt man das.

Auch andere Hochbetagte könnten hier genannt werden. Johannes Heesters zum Beispiel, der unverdrossen auf der Bühne stand, wobei sowohl er als auch sein Publikum sich voller Spannung fragten, ob ihm wohl im Dialog der Name seiner Partnerin einfallen würde.

Der unverwüstliche Polit-Talker Peter Scholl-Latour ist ebenfalls ein treffendes Beispiel. Seine gemurmelten, arabisch klingenden Einlassungen zu allen Weltereignissen sind von höchster Altersweisheit und unüberprüfbar.

Und natürlich die alte Dame aus der Nachbarschaft, die voll Vertrauen auf hilfreiche Verwandtschaft und die Pflegeversicherung dem nächsten runden Geburtstag entgegensieht.

Altersbeschwerden? – Die haben nur die andern.

Die Hüfte ist neu, gegen Diabetes gibt es Spritzen, und „Alzheimer" kümmert sie nicht. Wer soll das sein?

Wenn eines der Enkelkinder zu Besuch kommt, freut sie sich und fragt erst einmal nach dem Namen.

Der Großvater meiner Enkel

Früher, als der Großvater meiner Enkelkinder noch keine Enkelkinder hatte, machte er sich bei jeder Gelegenheit lustig über Omas und Opas, die immer zufällig Fotos vom letzten Geburtstag in der Tasche hatten.

Jetzt sucht er, bevor wir uns mit Freunden treffen, heimlich nach den aktuellsten Fotos, um sie dann blitzschnell in Umlauf zu bringen, bevor eine Konkurrenz-Oma die Tasche öffnet.

Er erzählt auch Geschichten über Heldentaten seiner Enkel, die sich genauso anhören wie die Geschichten über fremde Enkel, die er früher immer so gehaßt hat. Kurz gesagt: Er ist Großvater durch und durch.

Auf eine mögliche Erklärung dieses Verhaltens stieß ich beim Studium eines Artikels über „Lebensfragen“ in einem renommierten Magazin. Eine Psychologin veröffentlichte Forschungsergebnisse, wonach die Großmutter nach wie vor die am meisten angeforderte Hilfsperson im Familienbund ist. Eine Tatsache, die unter dem Stichwort „Großmutter-Hypothese“ besagt, daß „bei sozialen Arten – wie etwa Menschen oder Walen – Großmütter einen wesentlichen Einfluß auf den reproduktiven

Erfolg ihrer Töchter haben, indem sie ihnen Zeit zur Nahrungssuche verschaffen". Heutzutage gut erkennbar an älteren Damen, die Kleinkinder schaukeln, während junge Mütter durch die Supermärkte jagen.

„Zur Identitätsfindung von Kindern jedoch könnten Großväter als Ratgeber und Mentoren wertvolle Impulse geben", so die Psychologin weiter, „denn sie nehmen eine immer wichtigere Rolle ein."

Ein Blick auf das Verhalten des Großvaters meiner Enkel genügt, um das zu bestätigen. Er füllt nicht nur Lücken als Chauffeur im Transportunternehmen Familie, er ist überhaupt erstaunlich vielseitig verwendbar und bis zur Selbstaufgabe bereit, sich einzumischen und einzubringen. „Du mußt dich zum Affen machen, wenn du willst, daß Enkelkinder dich akzeptieren", riet er neulich hilfsbereit einem anderen Großvater. „Zum Affen, sonst hast du keine Chance."

Was das heißt? Auf dem Boden kriechen, Gummibärchen essen, Grimassen schneiden, Hütchen aufsetzen und dabei immer hoffen, daß kein ehemaliger Kollege das sehen möge.

Wenn die Kinder zu Besuch kommen, ist der „Mentor und Impulsgeber" meiner Enkel schon am

Morgen voller Vorfreude und inspiziert die Saftvorräte. Lange vor der vereinbarten Besuchszeit hat er die Zeitung weggeräumt und die TV-Fernbedienung auch. Mit geradezu törichter Gutmütigkeit, die im Forschungsbericht der Psychologin nicht vorkommt, reagiert er auf eine kleine Hand in seiner Hand. Das führt dazu, daß ein Gespräch über den Erwerb eines Computerspieles und über die damit verbundenen Kosten todsicher mit einer großzügigen Spende in diese kleine Kinderhand endet.

Eine Spende, die sich nahtlos in die Kette der großväterlichen Subventionen einreiht, die nie erwähnt werden, wenn wieder einmal das große Jammern über die hohen Kosten einsetzt, die die Alten der Gesellschaft mit ihren Rentenbezügen bereiten.

Der Großvater meiner Enkel jedenfalls hat seine neue Rolle gelernt. Seine Impulse zur Vermeidung des Generationen-Konflikts sind nicht zu leugnen, und daß „danke" heutzutage „cool" heißt, weiß er inzwischen auch.

Heiliger Blasius, hilf!

Langes Leben ist eine Errungenschaft der modernen Zivilisation und ein enormes Geschenk an die Menschheit. Immer wieder hören wir diesen Satz, der wie eine Beschwörungsformel klingt. Dankbar sollen wir gefälligst sein und zufrieden.

Sind wir auch – und überspielen folgsam all die kleinen und größeren Defekte, die sich einstellen mit den Jahren. Wir wissen: Das Leben ist wie ein Haus. Wenn man es sorgfältig pflegt und immer wieder repariert, kann es lange halten.

Also sind die Reha-Einrichtungen voll von unternehmungslustigen älteren Damen und Herren, die ihre neuen Hüftgelenke und Knie in Bewegung halten. Auch Arterien werden ausgewechselt, Herzklappen gar und wer weiß was sonst noch. Man ist diskret, über manches wird nicht gesprochen.

Nur bei den Ohren scheint die Reparaturwerkstatt bisher ziemlich ohne Erfolg zu arbeiten. Wie könnten sonst fast die Hälfte aller über 60jährigen – man spricht von 40 bis 45 Prozent – Probleme mit dem Hören haben? Was bedeutet, daß etwa acht Millionen Senioren und Seniorinnen in unserem Land schwerhörig sind!

Im täglichen Leben wird auf ihre Bedürfnisse kaum eingegangen und in den Familien noch weniger. Allenfalls bei den Fernsehanstalten scheint man davon gehört zu haben, daß mehr und mehr Zuschauer Schwierigkeiten haben, den Dialogen zu folgen, was natürlich auch an den Sprechleistungen der Darsteller liegen könnte. Jedenfalls werden immer öfter bei Fernsehspielen, auch bei Nachrichtensendungen, Untertitel per Knopfdruck angeboten.

Auch die Hörgeräte-Industrie bemüht sich um Umsatz und Abhilfe, aber die Geräte sind oft für ältere Menschen nicht voll nutzbar, die Extras sind kompliziert, zudem sind die finanziellen Eigenleistungen hoch. Viele geben sich mit Exemplaren zufrieden, die nicht auf dem neuesten Stand sind. Und so landet manches Hörgerät nach kurzer Tragdauer in der Nachttischschublade.

Kein erfreuliches Thema? Stimmt! Mißverständnisse und Kummer sind damit verbunden. Die wenigsten Betroffenen sprechen darüber und überspielen ihre Schwerhörigkeit so lange wie möglich. Das ist verständlich, denn wer kennt sie nicht, die dummen Witze über schwerhörige Alte oder die Ungeduld der anderen, wenn sie „alles zweimal sagen müssen"! Dabei schreien sie den Tischnachbarn ein paar Worte ins Ohr und erwarten, daß diese dann wissen, worum es geht. Es ist leider so: Irgendwie scheint Schwerhörigkeit andere zu ärgern und zu reizen.

Auch die Teilnahme am öffentlichen Leben wird komplizierter. Wer schlecht hört, ist ausgegrenzt. Technische Errungenschaften wie Computer, Internet oder Handybedienung werden in Kursen erklärt, Schwerhörige sind im Nachteil. Ebenso in der Arztpraxis. Der Herr Doktor hat wenig Zeit, spricht schnell, das Wartezimmer ist voll. Der Patient weiß das, will den Betrieb nicht aufhalten und verzichtet auf sein „Wie bitte?" Oder die Situation am Bahnhof. Es gibt eine Durchsage, die kaum jemand richtig versteht, der schwerhörige Fahrgast schon gar nicht. Die Beispiele sind zahlreich, und eigentlich ist keine Lösung in Sicht.

Vielleicht nützt es ja, zum heiligen Blasius zu beten, einen der 14 Nothelfer. Zwar ist er hauptsächlich zuständig für Hals und Rachen, aber vielleicht könnte er sich ja auch um die Ohren kümmern und Wissenschaft samt Hörgerätetechnik mit einer Eingebung auf den richtigen Weg führen.

Heiliger Blasius, hast du uns verstanden?

Die Kraft der zwei Herzen

Bei Kleinigkeiten, so ein kluger Gerontologe der Universität Bonn, etwa wenn der Partner immer wieder die gleichen Geschichten erzähle, sollten alte Paare tolerant sein. Doch gebe es Eigenheiten, die eine Beziehung ernsthaft belasten könnten. Und hier, so der Herr Professor, schade Schweigen um des lieben Friedens willen mehr, als daß es nütze. Dinge, die wirklich stören, sollte man abstellen.

Da kommt natürlich zuallererst die Frage auf, wie lange der Herr Professor selbst verheiratet ist und ob er weiß, wovon er spricht.

Was, bitte, kann man zum Beispiel nach vierzigjähriger Ehe überhaupt noch abstellen? Etwa doch die Geschichte, die immer wieder erzählt wird? Oder das viel geübte Spiel, daß einer den anderen nicht ausreden läßt, oder den Umstand, daß niemals der Deckel auf der Butterdose liegt und die Kleiderschranktüre immer offen steht?

Machen Sie sich keine Sorgen, Herr Professor, die alten Paare haben sich daran gewöhnt. Sie haben ja auch den Ärger über die unbezahlten Rechnungen, die Wechseljahre, die Gallenblase und die Steuererklärungen überstanden. Wären sie sonst noch zusammen? Eine Studie ergab, daß fast 80 Prozent der älteren Paare mit ihrer Ehe zufrieden sind. Die Frauen allerdings ein bißchen weniger. Das liegt wohl daran, daß sie immer ein bißchen mehr verlangen und nicht aufgeben, an der Beziehung, also am Mann, zu arbeiten.

Männer dagegen sitzen die Dinge gerne aus und sind sowieso mit sich selbst zufrieden.

Wie könnte es sonst sein, daß sie im Restaurant beim Essen ungeniert kleckern und sich widerspruchslos von der lieben Frau das Kinn abwischen lassen?

Der absolute Härtetest für beide allerdings ist der Beginn der sogenannten nachberuflichen Phase, womit man Rentner- und Pensionistendasein umschreibt. Zwei, die sich jahrzehntelang kennen, aber immer ihre Freiräume und getrennten Aufgaben hatten, die abends meistens zu müde waren, um zu reden, müssen nun alle Zeit miteinander verbringen und fragen sich täglich, warum der andere nicht mal in den Keller geht.

Wenn dann noch der nach der Pensionierung einsetzende Verjüngungsdrang mancher Männer und das „Ich-habe-die-Nase-voll-Syndrom“ mancher Ehefrauen überstanden ist, kann mit „der Kraft der zwei Herzen“ die „Goldene“ angestrebt werden: hüftoperiert, als Großeltern unentbehrlich und zu zweit beim Einkaufen im Supermarkt.

Im Doppelpack eben.

„Das Schöne am gemeinsamen Altwerden ist ja doch, daß man sich darüber unterhalten kann“, sagte neulich eine betagte Ehefrau. Sie hört sehr schlecht, und auf die laut gestellte Frage, wie das so gehe mit dem Unterhalten, antwortete sie: „Es klappt. Ich rede, und was er antwortet, weiß ich ja sowieso.“

Besser kann man eigentlich nicht erklären, was eine alte Ehe zusammenhält.

Ausmisten und loslassen

Man müßte mal ausmisten! Die Wohnung ist vollgestopft! – Wer kennt das nicht? Wer ehrlich ist, wird sogar zugeben, daß der Gedanke an die überfüllten Schränke und die unaufgeräumten Schubladen belastet, ja aggressiv macht.

Und doch fällt es schwer, etwas zu tun. Das nämlich würde bedeuten, sich zu trennen von Dingen, die irgendwann einmal wichtig waren. Urlaubserinnerungen, einzelne Teller, angeschlagene Blumenvasen – viel hat sich da angesammelt, steht herum, wird kaum mehr wahrgenommen.

Und erst die Kleiderschränke! Voll von Erinnerungen an eine andere Zeit und eine andere Konfektionsgröße. Die Stücke werden einmal im Jahr herausgenommen, wieder hineingehängt, mit Macht nach hinten gedrückt, damit man sie nicht sehen muß und vorne die neuen Sachen Platz haben.

Auf dem Schreibtisch verbreiten Papierberge schlechte Laune. Warum liegen hier haufenweise Zettel, Programme, Rezepte, Postkarten? Sind die wichtig oder wurden sie nur nicht weggeräumt, wie so vieles? Auch in den Schubladen, die überquellen von Fotos, die man irgendwann schon mal dringend gesucht hat, Briefen, Reiseprospekten, Geburtstagseinladungen und Sterbebildchen, herrscht Chaos.

Alles weg? Noch ist es nicht soweit, noch wird hin und her geräumt, nach Ausreden gesucht: Wenn ich mehr Platz hätte oder mehr Zeit oder eine andere Putzfrau …

Aber unterschwellig wird immer klarer, daß etwas geschehen muß. Der Beschluß, etwas zu tun, ist gefaßt, die Umsetzung aber läßt auf sich warten, denn man ahnt, wieviel Arbeit damit verbunden sein wird.

Eines Tages dann ist es soweit. Müllsäcke erweisen sich wieder einmal als wichtigste Erfindung seit der Kaffeemaschine.

Und ist erst ein Anfang gemacht, stellt sich Staunen über die eigenen Kräfte ein. Mit jedem abgetragenen Haufen, jeder leeren Schublade kehrt ein Stück Erleichterung ein.

Wieviel schöner sieht das Wohnzimmer aus ohne all die überflüssigen Dinge!

Bald zeigt sich, daß nicht nur die Wohnung „zugemüllt“ war, sondern auch die Seele.

Plötzlich gibt es nicht nur Raum für neue Bücher, sondern auch für neue Unternehmungen. Wie kann etwas Gutes in unser Leben kommen, wenn dieses Leben vollgestopft ist mit Überflüssigem?

Wer losläßt, hat die Hände frei, so lautet eine Volksweisheit. Und wer ausmistet, gewinnt Platz für Neues.

Der wichtigste Grund für das Ausmisten im Alter aber ist der Blick in die Zukunft. Was wird, wenn eines Tages die Wohnung, das Haus zu groß geworden sind? Wenn das Alter anklopft und ein Umzug ansteht?

Überall plagen sich alte Männer und Frauen, Paare oder Alleinstehende mit dieser Frage. Die Antwort wird immer wieder hinausgeschoben, und doch muß eines Tages eine Entscheidung getroffen werden.

Wie gut, wenn man dann schon losgelassen hat, selbstbestimmt, nach eigenem Entschluß! Die Kinder und Enkel werden dankbar sein, und selbst kann man den Rest des Weges mit weniger Gepäck gehen, dafür aber mit mehr Gelassenheit. Und Platz für Neues gibt es auch.

Joggen für die Glückshormone?

Drei Freundinnen reiferen Alters sitzen beisammen. Die Gemütslage ist, bedingt durch das gute Essen und Trinken, harmonisch. Sie haben schon alle wichtigen Themen durch: Kinder, Enkel, Männer – und sind jetzt bei sich selbst angekommen.

„Wir werden älter", sagt die Gastgeberin, setzt sich mit einem kleinen Ruck gerade, um den Abwärtstrend von Schultern und Busen vorübergehend zu bremsen, und blickt über den Tisch.

„Senta Berger auch", meint ihr Gegenüber, „aber die macht etwas daraus."

„Woraus macht die etwas?", fragt die Dritte, die nicht richtig zugehört hat, weil sie bedauernd die fast leere Weinflasche inspizieren mußte.

„Na, aus dem Altern", kommt die Antwort zweistimmig.

Es herrscht kurzes Schweigen, alle drei denken nach.

„Man müßte schwimmen gehen", schlägt die Gastgeberin vor. „Regelmäßig. Oder joggen. Senta Berger joggt bestimmt jeden Tag. Da kommen die Glückshormone hervor, man sieht es ihr an."

„Sie hat überhaupt so etwas schrecklich Positives", sagt die eine Freundin, „so, als ob sie gerne alt würde. Und wenn sie sich im Fernsehen ereifert, denk ich immer, sie meint mich. Nur mich. Sie joggt jetzt auch gegen Osteoporose."

„Marianne Koch als Ärztin sagt aber, man sollte vorsichtig sein in unserem Alter. Nicht zuviel und immer den Puls messen", gibt die mit der Weinflasche zu bedenken und schenkt sich sorgfältig den Rest ein.

„Ich gehe in kein Schwimmbad", nörgelt die andere. „Ich gehe nirgends hin, wo man sich ausziehen muß. Da sieht man überall Cellulitis."

„Stimmt", nickt die Gastgeberin. „Mir genügt meine eigene. Und außerdem sind da, wo ich gerade schwimmen will, immer ganz viele energische Rentner im Wasser, die schlagen mit den Armen um sich oder schwimmen über mich drüber."

„Marianne Koch sagt, es genügt, wenn man gesund lebt, ausgewogen und so", gibt die mit der Weinflasche zu bedenken, „und mit dem Hund spazieren geht, weil das dem Herz-Kreislauf-System hilft. Außerdem hat sie neulich im Radio gesagt, man solle in Würde altern und Lebensfreude dabei haben."

„Ich habe keinen Hund, mir reicht mein Garten für das Herz-Kreislauf-System“, meint die Gastgeberin. „Aber Würde ist gut. Mein Bindegewebe möchte in Würde altern und meine Muskulatur auch.“

„Vielleicht sollte man mal in die Apotheke gehen und dort nach den richtigen Pillen fragen“, überlegt die andere Freundin.

„Genau“, stimmt die Gastgeberin zu. „Ich glaube, viele nehmen heimlich Vitamin A und E und B und geben es nicht zu.“

Sie geht in die Küche und holt eine neue Flasche. „Für die Lebensfreude“, sagt sie. Und während sie die Gläser füllt, schaut sie die beiden anderen kritisch an.

„Eigentlich“, meint sie nach einem kräftigen Schluck, „eigentlich sind wir drei doch noch sehr gut beieinander. Und eigentlich ist Älterwerden gar nicht so schlimm. Man muß nur die Würde gut mit der Lebensfreude und den Glückshormonen verbinden. Vergessen wir doch einfach das mit dem Schwimmen und Joggen!“

Der Garten ruft

Jeder Garten ist eine Erinnerung an den Garten Eden und gleichzeitig eine Vorschau auf das Paradies, schrieb neulich ein kluger Autor in einem Text über Menschen und ihre Gärten.

Der, der diesen Text dann las, hatte gerade seine strapazierten Knochen in einen Liegestuhl plaziert, von wo aus er erschöpft betrachten konnte, was er in den letzten drei Stunden in gebückter Haltung geleistet hatte. Den Garten Eden habe er sich anders vorgestellt, seufzte er noch, bevor er die Augen schloß und zu träumen begann.

Natürlich befand er sich sofort genau dort, im Paradies nämlich, wo seine allerersten Eltern noch glücklich waren. Denn jeder Gartenbesitzer – und sei das Fleckchen Erde, das er bestellt, noch so klein – glaubt nach getaner Arbeit ein Stückchen vom Paradies zu besitzen.

Alles in allem ist das dann ein ganz schönes Stück auf Erden, denn allein in Deutschland gibt es 30 Millionen Gartenbesitzer. Etwa die Hälfte, nehmen wir mal an, sind ältere Herrschaften, die auf die Frage nach ihrem Hobby sofort mit „mein Garten“ antworten.

Hier finden sie Abstand von all den Problemen, nervigen Fragen und lästigen Aufträgen, die im Haus auf sie warten. Nicht daß sie arbeitsscheu wären und sich drücken wollten, im Garten gibt es weiß Gott genug zu tun. Aber „draußen“ widerspricht niemand, gibt es nur zwei Alternativen: Gedeih oder Verderb, und das ist wohltuend übersichtlich. Außerdem ist es meistens still (vom Rasenmäherlärm mal abgesehen), und was die Spatzen zu sagen haben, versteht man nicht. Klar, die Arbeit ist manchmal hart und die rechte Anerkennung fehlt. „Ihr habt es ja so schön, wir kommen zu euch in euren Garten“, sagen Freunde, die keine Ahnung haben von der Schinderei mit dem Unkraut, den Schnecken, dem Wasserverbrauch im heißen Sommer und von der Arthrose im linken Arm. Sie sagen es – und sind vermutlich schon unterwegs.

Aber der Gartenbesitzer will noch ein bißchen weiterträumen. Nach dem Besuch im Paradies sieht er sich als Goethe im Gartenhaus an der Ilm, dort in Weimar, wo der Geheimrat manchmal wochenlang die Zeit genossen hat. Auch er hatte immer wieder Gäste. „Wir haben hier manchen guten Tag gehabt und manchen guten Tag vertan. Wir waren alle jung und voller Übermut“, schreibt er 1776 einem Freund nach seinem ersten Frühjahr im Gartenhaus am Rosenberg. Dort hat er Linden gepflanzt und Spargel gezogen, den Finken zugeschaut und Christiane geliebt. Gearbeitet hat er auch. Wie unser Gärtner, dessen Traum noch einmal den Schauplatz ändert.

Im Garten seiner Kindheit hüpft er jetzt mit nackten Füßen über die sommerheißen Steine und hockt sich im Schatten der Mauer auf den Boden, um eine Eidechse zu beobachten. Nie mehr in seinem Leben hat er die Stille so gehört wie damals, im heißen Sommer nach dem Krieg, mittags um ein Uhr, wenn das Geschirrklappern, das aus dem Küchenfenster klang, verstummt war und die „Alten“ Mittagsruhe hielten.

Diesen Traumzipfel würde er gerne noch ein bißchen festhalten. Aber schon ruft ihn der Garten zurück ins Heute. Die Rosen müssen noch geschnitten werden, denn sie sind die Königinnen in seinem Garten. Ihr Duft und ihre Schönheit sind das Lob, das er braucht – bevor die Freunde kommen und den Grill aufstellen.

Methusalem feiert

Gedenktage und Jubiläen jagen sich. Egal ob runder Geburtstag oder runder Todestag, die Medien sorgen dafür, daß uns nichts entgeht. Aus „gegebenem Anlaß“ wird an die Berühmtheiten erinnert, werden ihre Werke erklärt, bis auch das allerletzte Feuilleton geschrieben ist und jedes Fernsehmagazin seine Sondersendung geliefert hat.

Schiller, Einstein, Stifter, Fassbinder haben wir schon hinter uns, Heine, Mozart, Mao stehen uns noch bevor.

Und der eigene runde Geburtstag?

Es ist weder der hundertste noch ist man berühmt. Also wird nichts in der Zeitung stehen. Man gehört zur ergrauten Masse derer, die durch ihr hartnäckiges Weiterleben dafür sorgen, daß die sogenannte Alterspyramide aus der Form gerät und das Gespenst des demographischen Wandels schlechte Stimmung verbreiten kann. „Deutschland, ein Altersheim“, titeln die Zeitungen ziemlich unhöflich und nennen als Verursacher die Senioren, die Methusaleme, die immer wieder gezählt und prozentual bis in das Jahr 2030 hochgerechnet werden, um damit klar zu machen, daß die Renten und

Pensionen schon heute nicht mehr zu finanzieren sind.

Und weil die jungen Leute derzeit wenig Lust verspüren, selbst Familien zu gründen, kommt der „Wandel“ zustande, der bei Politikern für alles, was ihnen mißlingt und mehr Geld als vorhergesagt kostet, verantwortlich gemacht wird.

Egal, das ist ein anderes Thema. Jetzt geht es um den runden Geburtstag und darum, ob Methusalem einlädt oder nicht.

Klar, Feste werden gerne gefeiert, am liebsten die der anderen. Das spart Kosten und Energie. Lädt man aber selbst nicht ein, wird man von der Liste gestrichen und bei den nächsten Geburtstagen nicht mehr gebeten. Das wiederum schadet dem Ruf. Denn wer nicht anwesend ist bei einer Feier – das wissen wir – gibt das beste Gesprächsthema ab, sorgt dafür, daß Gerüchte die Runde machen. Die anderen Gäste könnten denken, man sei mittlerweile nicht mehr richtig im Kopf, verarmt oder gestorben. Also wird Methusalem zum Geburtstag einladen. Schriftlich, wie es sich gehört.

Ein schönes Fest soll es werden. Alle sollen kommen und sich wohlfühlen und natürlich auch sehen, „wie gut man sich gehalten hat“.

Man braucht schließlich Freunde im Alter und will auch zeigen, daß man welche hat. Einige sind schon abhanden gekommen, die, die noch da sind, müssen gepflegt werden.

Und außerdem – sie bringen ja auch Geschenke mit, und die können bei der nächsten Einladung wieder weiterverschenkt werden. Aus gegebenem Anlaß.

Sorgen am Morgen

Wir kennen sie alle, diese zeitlose Stunde zwischen Aufwachen und Aufstehen. Als wir noch jung waren, schaukelten wir in unserem Kissenschiff wohlig dem neuen Tag entgegen. Das Morgenlicht weckte schöne Gefühle: „Goldstrahlen schießen übers Dach, die Hähne kräh'n den Morgen wach", dichtete Theodor Storm. „Morgenröte blitzt ins Auge", schrieb Johann Wolfgang von Goethe.

Vorbei! Heute wissen wir, daß die Knochen schmerzen werden, wenn wir das Bett verlassen, daß das Licht des jungen Tages kein gutes Haar an uns lassen und im Badezimmerspiegel ein Gesicht erscheinen wird, das wir am liebsten nicht kennen würden.

Also bleiben wir liegen und werden Opfer trüber Gedanken. Sie kriechen zu uns ins Bett, erreichen uns in einem Zustand der Wehrlosigkeit und setzen sich auf unsere Seele. Der bevorstehende Arztbesuch wird zum Berg, die Steuererklärung auch, ein unerledigter Anruf weckt Schuldgefühle.

Das sind die konkreten Dinge, schlimmer sind diffuse Zukunftsängste: vor Veränderungen, die die Jahre bringen können, dem Altern generell und seinen Konsequenzen. Voller Tücken ist diese Stunde am Ende der Nacht. Die Gedanken kommen nicht vom Fleck, kreisen immer wieder um die gleichen bangen Vorstellungen.

Schon Hippokrates, der Begründer der altgriechischen Medizin, kannte die morgendliche „Melancholie“. Heute spricht man gerne von Depression, jener Seelenkrankheit, die Menschen quält, weil sie alles schwarz in schwarz sehen: den Lauf der Welt, den Alltag, die Mitmenschen und vor allem das eigene Leben.

Doch wer sich am Morgen mutlos fühlt, glaubt, in einem schwarzen Loch zu sitzen, hat sicherlich noch keine Depression. Älterwerden ist nun mal mit Verlusten verbunden: Schwerhörigkeit isoliert, schmerzende Knie und Hüften machen unbeweglich, und jede Vergeßlichkeit wird sofort als Indiz für den Abbau geistiger Kräfte betrachtet. Schon steht das Gespenst „Demenz“ am Bett.

Manchmal also, wenn man ehrlich ist, kann der Gedanke an das Alter schon Schrecken verbreiten. Deshalb sind Sorgen am Morgen, Angst vor Dingen und Ereignissen, denen man sich nicht gewachsen fühlt, erlaubt.

Friedrich Hölderlin bringt auf den Punkt, was viele fühlen: „In jungen Jahren war ich des Morgens froh, jetzt, da ich älter bin, beginn' ich zweifelnd meinen Tag."

Aber was die „Melancholie am Morgen" betrifft, die wir mittlerweile gut kennen, weil sie uns seit Jahren begleitet, so wissen wir glücklicherweise auch, daß sie uns wieder verlassen wird. Nach den Mühsalen des Aufstehens ereignet sich Tag für Tag eines der kleinen Wunder, die die Vorsehung für uns bereit hat: Bei Kaffeeduft und dem Blick aus dem Fenster stellt es sich verläßlich ein als „Appetit nach Frühstück und nach Leben", wie Joachim Ringelnatz diesen Augenblick beschreibt.

Die Beine sind jetzt gut durchblutet, das Gehirn auch, von draußen hört man eilige Schritte, drinnen herrscht vertraute Geborgenheit.

Bei der zweiten Tasse Kaffee, beim Lesen der Sonderangebote in der Tageszeitung und spätestens nach dem ersten Telefonanruf ist das kleine Wunder da – wir sind bereit für den neuen Tag und sagen „Guten Morgen!"

Internationaler Großelterntag

Würde man den Welt-Seniorentag, den keiner kennt, umbenennen in Internationalen Großelterntag, er wäre erfolgreicher als der Internationale Frauentag.

Es gäbe Leitartikel und Aufrufe in den Tageszeitungen, Workshops zum Thema „Die Rolle der Großeltern im Krisengebiet Familie“ und Demonstrationen mit Transparenten zur Erhaltung des Rechts auf einen täglichen Oma-Telefonanruf, auch wenn „nichts passiert“ ist.

Im Internet gäbe es eine Webseite über die Schlüsselqualifikationen von Großeltern, und es würde sich zeigen, daß sich jede Dienstleistungs-Agentur um sie reißen würde: kompetent, vielseitig, teamfähig und sozialorientiert. Cool eben, wie Anton feststellt, der einmal in der Woche nach der Schule zu seinen Großeltern geht, um dort den Nachmittag und Abend zu verbringen.

Wenn er mit seinen Mathematikaufgaben nicht klar kommt und der Großvater auch nicht, dann rufen sie „mal den Huber an“. Es stellt sich dann heraus, daß der Huber die Aufgabe lösen kann. „Und wer ist der Huber?“, fragt Anton. „Naja, der sitzt oben an der Uni, und ich habe ihm auch schon mal geholfen", meint der Großvater. So lernt Anton, was ein Netzwerk ist.

Eine Stunde später geht Anton mit der Großmutter einkaufen. Für das gemeinsame Abendessen. Anton schmecken die Dinge am besten, die seine Mutter, Stammkundin im Bioladen, nicht gerne auf seinem Teller sehen würde. Für sie ist es das Höchste, in einen biologisch angebauten Apfel zu beißen. Anton beißt lieber in verbotene Früchte, in eine fette Wurst zum Beispiel.

„Natürlich hat deine Mutter recht", sagt die Großmutter, „aber du mußt auch Erfahrungen sammeln und den Unterschied kennenlernen." Also kaufen sie Weißbrot, Wurst und ziemlich fetten Käse. Auf Salat verzichten sie einvernehmlich.

So lernt Anton, daß Erfahrungen auch gut schmecken können.

Auf dem Rückweg vom Einkaufen treffen sie den Großvater, der ihnen entgegengegangen ist. „Wir wollen noch zu einem Dämmerschoppen in unserer kleinen Kneipe", schlägt er vor.

Anton hat dazu keine Lust. Er mault. „Wenn du mitkommst, darfst du später noch die Vorabendserie im Fernsehen anschauen", verspricht der Großvater. Anton wägt ab. „Meinetwegen", brummt er gönnerhaft, „aber für mich gibt es dann ein Spezi. Ein großes."

So lernt Anton, daß Kompromisse gewinnbringend sind, wenn man klug verhandelt.

Und was lernen die Großeltern?

Daß es richtig schön sein kann, alt zu sein. Denn Enkelkinder denken nicht an Pflegeversicherung, Rentenlast und Zahnersatz, wenn sie das Wort „alt" hören. Sie lieben ihre Großeltern, gerade weil sie alt sind, und sie verstehen auch nicht, daß die Eltern seufzen „schon wieder die Oma", wenn das Telefon läutet, wo sie doch sonst immer sagen, daß gerade alte Dinge wertvoll sind und gut behandelt werden müssen.

In Freud' und Leid

Es handelt sich um eine lebenslange Freundschaft. Zwar hat es schon manchmal so ausgesehen, als ginge sie in die Brüche, denn regelmäßig kommt es zu schweren Krisen. „Jetzt reicht es“, schimpft der Leser, wenn er sich zum hundertsten Mal über die gleichen Druckfehler geärgert hat, von den Inhalten ganz zu schweigen.

Aber was wäre sein Frühstück ohne die Tageszeitung?

Gemeinsam werden sie älter. Die Welt ändert sich, der Leser auch. Und liest er im Lokalteil, daß einer, den er kennt, in der Ruhestand gegangen ist oder Geburtstag hat, ist gar ein Bild dabei, dann denkt er: Aha, der also auch, ganz schön alt ist er geworden!

Entdeckt er unter den Todesanzeigen einen bekannten Namen, ist es ähnlich. So fühlt er sich mit seiner Zeitung verbunden in Freud' und Leid.

Wird über Ordensverleihungen oder Ehrungen berichtet, fragt er sich, wofür der oder die sie bekommen haben, und meistens stellt er fest, daß es wieder einmal die Falschen waren, die ausgezeichnet wurden.

Einige Journalisten, die die Artikel in seiner

Zeitung verfassen, kennt er mittlerweile. Sie sind mit ihm in die Jahre gekommen.

Er weiß, wo sie politisch stehen, er weiß auch, daß der eine gerne über kirchliche Themen berichtet, der andere über Pferdesport, und die nette Frau, die so oft über Hunde schreibt, über ihr Familienleben und über unartige Kinder, kennt er auch.

Nicht immer gefällt ihm, was er liest, aber am nächsten Tag gibt es ja eine neue Zeitung, und da schreiben dann wieder andere.

Nichts gegen Bücher, denkt der Leser. Sie erheben Anspruch auf Inhalte, werden gekauft und manchmal auch gelesen. Auch von ihm. Die Zeitung aber ist seine tägliche Verführung am Morgen. Sie lockt ihn hinein in den Tag, in das Leben. Sie stiftet ihn an, bringt ihn dazu, sich aufzuregen, zu schimpfen, zu lachen und Pläne zu schmieden.

Neu ist das alles nicht, denn die Zeitung ist ein ziemlich altes Mädchen. Das erste gedruckte Exemplar gab es vor 400 Jahren in Straßburg; Nachrichtenhändler nannte man damals noch den Herausgeber. Inzwischen sagt man der Tageszeitung und all ihren Schwestern im Land den schleichenden, aber sicheren Tod voraus. Elektronische Nachkommen verändern die Medienlandschaft und trachten ihr nach dem Leben. Noch immer aber werden in Deutschland Tag für Tag rund 28 Millionen Zeitungen verkauft. Jeden Morgen frisch wie die Brötchen. Leise raschelnd sorgen sie auch in der U-Bahn, im Zug und im Flugzeug für Unterhaltung und Information. Sind sie ausgelesen, freut sich der Nachbar, und danach gibt es bekanntlich noch vielerlei andere Verwendungszwecke.

Und was besonders schön ist: die Zeitung spricht nicht, sie piepst nicht, klingelt nicht, gibt keine Töne von sich. In unserer überlauten Kommunikationswelt ein wahrer Segen!

Manchmal schreibt der Leser einen „Leserbrief", nicht immer wird er veröffentlicht, dann ist er sauer „auf das Blatt", und wenn der „Abo-Preis" steigt, will er es abbestellen.

Aber er tut es nicht, denn er weiß, ohne die Aussicht auf das frisch gedruckte Papier-Paket in seinem Briefkasten würde er gar nicht aufstehen am Morgen.

Man muß sich das nur mal vorstellen!

Der Mann am Klavier

Regelmäßig wird uns in den Medien vorgerechnet, daß bald jede oder jeder Dritte unter uns über 60 Jahre alt sein wird – mit der Option, es auf 100 zu bringen. Aber niemand freut sich so richtig darüber.

Statt aber ständig zu zählen, wie viele Alte wir nun wirklich sind, sollten wir uns dringend darum kümmern, die gewonnenen Jahre zu nutzen.

Und wie? Ganz „einfach“: Im Kleinen und im Alltäglichen etwas tun, das andere motivieren könnte, ebenfalls einen Schritt herauszutreten aus dem Gewohnten.

Wie Heinz M., der fast 80 Jahre alt ist. In einer glücklichen Ehe hat er seine krebskranke Frau bis zu ihrem Tod begleitet. Danach gab es dunkle, leere Tage. Doch dann spürte er, daß er sich noch nicht verabschieden wollte von der Welt, und schon gar nicht von den Menschen.

Zu dieser Erkenntnis trug der eher zufällige Besuch in einem Altenheim bei, wo eine betagte Verwandte lebte.

Dort in der Cafeteria, wo sich die Bewohner mit ihren Besuchern trafen, sah er sehr alte Menschen an Tischen sitzen. Manche Gesichter wirkten wie abgeschaltet, ohne Strom, im Wartezustand sozusagen. Immer wenn sich etwas ereignete im Raum, wanderten die Blicke dorthin, und wenn sich die Tür öffnete und jemand hereintrat, war es, als hofften alle darauf, daß es ihr Besuch sei.

Im Raum stand ein Klavier, und Heinz M., ein begabter Pianist für den Hausgebrauch, fühlte sich magisch angezogen. Er setzte sich auf den Schemel und begann leise zu spielen. Die Töne erreichten die Gäste an den Tischen, ihre Blicke füllten sich mit Erinnerungen, die Gesichter gewannen Konturen, hochgezogene Schultern wurden locker, Hände auf den Armlehnen der Stühle öffneten sich.

Heinz M. spielte sein Repertoire, improvisierte und schloß nach einer Viertelstunde mit einem Walzer von Chopin. Wie eine warme Woge trug ihn die Dankbarkeit der Zuhörer an seinen Platz zurück.

Von diesem Tag an kam er einmal wöchentlich in die Cafeteria. Bald hatte er ein festes Stammpublikum, und aus dem improvisierten Programm entwickelte sich ein Wunschkonzert.

Hat er die Noten für ein Stück nicht parat, notiert er sich die Musikwünsche für die nächste Woche. Manchmal, so erzählt er, sehe er sich selbst, zusammen mit seiner verstorbenen Frau, an einem der Tische sitzen und zuhören. Das mache ihn froh, und leichten Herzens gehe er dann wieder hinaus in seine Welt.

Und die hat sich mittlerweile verändert: Der Mann am Klavier hat eine Bekanntschaft gemacht. Zweimal im Monat musiziert er nun in einem Quartett; er konnte durch seine Auftritte im Altenheim rüstige Bewohner ermuntern, ihre Musikkenntnisse aufzufrischen. So ergab sich nach und nach ein Zusammenspielen, und bald wird es ein kleines Konzert mit Programm geben.

Immer nach den Proben bringt Heinz M. „die Altflöte" nach Hause. Und manchmal trinken er und die nette Dame noch ein Gläschen zusammen.

Genuß ist erlaubt

Seit sie älter sei, frage sie sich jeden Morgen nach dem Aufwachen, worauf sie sich heute freuen könne, erzählt eine Frau, die seit Jahren alleine lebt. Sie finde immer etwas, erst dann stehe sie auf. Sie habe gelernt, das anzunehmen, was der Tag ihr bringe, und sich vorgenommen, immer etwas Gutes dabei zu entdecken.

Damit gehört sie zu jenen Älteren, die ganz bewußt ihr Leben genießen wollen. Nicht zu denen allerdings, die essen und trinken meinen, manchmal auch viel essen und viel trinken, einkaufen, ausgehen, überall dabei sein, sondern zu denen, die Natur und Kunst, Gemeinschaft, Zeit, schönes Wetter und gute Gespräche suchen, alles was die Fantasie anregt und unsere fünf Sinne in Bewegung setzt.

Die nämlich gehören zum Besten, was wir besitzen. Sie sind unsere Fenster in die Welt, ohne sie säßen wir wie in einer dunklen Kammer, wären nicht fähig zum Genuß. Dieser aber und die Freude, die dabei aufkommt, so Experten aus der Gesundheitsbranche, steigern das Wohlbefinden und schützen unser Immunsystem vor Krankheiten, die Ausschüttung von Streßhormonen werde verringert.

Trägt also Genuß dazu bei, gesund älter zu werden? Eindeutig ja.

Allerdings stellt sich Lebensfreude – und darum geht es – nicht von selbst ein. Oft ist die Genußfähigkeit in den Jahren der Berufstätigkeit und Familienarbeit auf der Strecke geblieben. Aber man kann sie aktivieren. „An mich habe ich immer zuletzt gedacht, und Genuß war immer für die anderen da“, sagt die Frau, die morgens ihren Tag plant. „Heute ist das anders, ich sorge für mich.“ Mit vermeintlichem Nichtstun am Nachmittag zum Beispiel, was zu erfreulicher Bekanntschaft mit sich selbst führen kann, bei einem Gang durch den Park, an einem Wochentag, frei von Termindruck, bereit, wahrzunehmen, was man jahrelang übersehen hat, einer Stunde mit Musik und Lektüre oder Einkehr in einer Kirche, wo das Bewundern der Architektur und das Genießen der Stille die Fantasie beflügelt.

Kleine Beispiele fürs Genießen sind das, die jeder Tag bieten kann. Dinge des Alltags, die nichts oder wenig kosten und mehr bewirken können als ein teures Ereignis. Und sie gewinnen an Strahlkraft, wenn wir sie uns ganz bewußt gönnen.

Schöne, heile Alterswelt? Natürlich nicht. Denn daß sich manches ändert mit den Jahren, und selten zum Guten, ist wohl wahr. Da gibt es Grund genug zu klagen.

Aber: Vergangenes ist nicht mehr zu ändern, Zukünftiges Spekulation, also ist es der Augenblick, der uns gehört. Es ist erlaubt, ihn zu genießen und sich das Beste zu nehmen.

Auch dann, wenn andere sagen: Die ist aber egoistisch geworden. Was ein Fehlschluß ist. Denn wer Gutes genießen und sich selbst Freude bereiten kann, ist auch ein Gewinn für andere.

Einfach nur lesen

Höchste Zeit, nach einem Hobby Ausschau zu halten, denn ein Hobby im Alter braucht man, sagen alle. Wenn man aber bisher ohne Hobby ausgekommen ist, fragt man sich schon, warum man jetzt eines haben und woher man es nehmen soll.

Hört man sich um, so erfährt man von den wunderbarsten Dingen, mit denen sich Ältere die Zeit vertreiben und ihr Seniorenprestige heben. Um Golf soll es hier nicht gehen, denn Golfer haben keine Zeit für ein Hobby. Eher um die Angebote der Volkshochschulen und die Vorlesungen in Kunstgeschichte an den Universitäten, die von den älteren Semestern gestürmt werden. Auch in den Aquarell- und Zeichenkursen sitzen hauptsächlich grauhaarige Herrschaften, Männer und Frauen, die einen gut gefüllten Terminkalender haben, den sie auch gerne vorzeigen.

„Wenn ich mal im Ruhestand bin, dann ...“, haben sie jahrelang verkündet, jetzt packen sie's an.

So ist unsere wunderbare Seniorenwelt voller „schlummernder Talente“, die schon früher gemalt, geschrieben, getöpfert haben und die jetzt endlich die nötige Zeit dafür finden.

Zu allen Geburtstagen gibt es Selbstgemachtes – und immer ein großes Lob dafür.

Was aber tun die, die ohne Hobby alt geworden sind, die weder malen noch dichten, die gar nicht wissen, ob sie etwas können, die immer da waren, wenn sie gebraucht wurden, Kinder und Enkel gehütet haben, wenn andere zum Yoga gingen?

„Ich habe kein Hobby“, sagt eine Großmutter, die mit einem Buch neben sich auf der Bank am Rand des Kinderspielplatzes sitzt und ihre beiden Enkelkinder beobachtet.

„Ich lese nur“, fügt sie an, „das war schon immer meine liebste Beschäftigung, wenn ich mal Zeit hatte oder wenn ich Ängste vertreiben mußte – im Krieg, im Bunker, wenn die Flugzeuge die Stadt anflogen, und später, als ich allein mit den Kindern war und hoffte, daß mein Mann aus Rußland nach Hause käme. Damals haben mir Bücher das Leben gerettet, und heute machen mir Bücher dieses Leben schön.“

Ohne es so zu nennen, leistet sie sich das schönste Hobby, das es gibt: Lesen! Geschriebenes verwandelt sich in Bilder, beflügelt die Fantasie, macht ihr Leben bunt und bringt sie auf Gedanken, auf die sie von alleine nicht gekommen wäre.

Und was das Schönste ist: das Alter spielt dabei nicht die geringste Rolle. „Nur die Fantasie bleibt immer jung", sagte Friedrich von Schiller vor 200 Jahren.

Wer also das Glück hatte, als Kind mit dem richtigen Buch im richtigen Augenblick seine Lesefreude entdeckt zu haben, besitzt damit bis an sein Lebensende einen Schatz. „Wenn ich nach einem Leseausflug in meine Welt zurückkehre, ist diese Welt ein bißchen reicher geworden für mich", sagt die Großmutter auf der Bank im Park.

Warum also nicht, statt nach einem neuen Hobby zu suchen, Leseabenteuer nachholen, für die früher keine Zeit war? Sich an Autoren wagen, für die früher der Mut gefehlt hat? Dabei Neues lernen und Bekanntes auffrischen?

Welche Bücher seit Jahren darauf warten, von uns gelesen zu werden, wissen wir nur zu gut. Wir haben sie erst kürzlich abgestaubt.

Immer älter, immer schöner

Wenn sie beim Friseur in die bunten Blätter schaut und dabei die Bilder der Reichen und Schönen betrachtet, wie sie zu wichtigen Anlässen aufmarschieren, dann entdeckt sie immer irgendeine, die – sie weiß es genau – exakt in ihrem Alter ist: Sehr schlank, blond oder schwarz, in Glitzer und Seide, geliftet und gestylt bis in die spitzen Schuhe, blickt diese mit weit aufgerissenen Augen angestrengt in die Kamera.

So kann man also auch aussehen in unserem Alter, denkt die Dame beim Friseur und schaut in den Spiegel.

Und wen trifft sie da? Eine Frau, frisch gefönt, nicht geliftet, lebenserfahren und genußfreudig, im Ganzen ein bißchen rund, aber sehr fesch für die Jahre.

Mode, man kann es erkennen, macht ihr immer noch Spaß, aber anders als früher. Inzwischen ist sie weg von „superchic" und angekommen bei „bequem" – was in ihrem Alter hochwertig, elegant und lässig heißt, das Gegenteil von schlampig. Qualität ist jetzt angesagt, nicht mehr Quantität. Sie weiß, was zu ihr paßt und wie sie ist.

Und wie ist sie? Älter und einzigartig. Genau!

Dazu gehört, daß sie sich nicht unsichtbar macht, nur weil andere jünger sind. Also, aufrichten, Kopf hoch, Bauch rein, Schultern zurück. Kontrollblick in den Spiegel: Kann sie sich anfreunden mit der, die ihr da begegnet?

Sie sollte es tun, sich mögen, samt der Falten und Schlupflider, und sich ab und zu etwas gönnen: Friseur, Kosmetik, etwas Neues zum Anziehen und dafür etwas Altes entsorgen. Das grelle T-Shirt zum Beispiel, das zu Hause im Schrank hängt, und die braunen Schuhe.

Überhaupt Schuhe. Wie hat sie ihre wunderbaren Füße gemartert mit hochhackigen, zu engen, schlecht sitzenden, schlecht verarbeiteten Folterwerkzeugen, und dabei nicht bedacht, daß sie diese Füße, mit ihren zehn Zehen und den vielen Knochen und Knöchelchen wahre Wunderwerke der Schöpfung, durch ein ganzes Leben tragen müssen. Wirklich, sie haben mehr Aufmerksamkeit verdient, denn wenn sie schmerzen, machen sie um hundert Jahre älter. Füße in schlechten Schuhen schleichen, haben keine Lust zum Bummeln, wollen nach Hause und niemandem begegnen.

Dabei sind es gerade die gut gekleideten älteren Damen, die man so gerne sieht: auf der Straße, im

Theater oder am Sonntag in der Kirche. Grace Kelly, die spätere Fürstin von Monaco, wäre heute auch alt und würde auch so aussehen wie sie. Schade, daß sie nicht siebzig und achtzig wurde, sie wäre als „alte Fürstin" ein gutes Vorbild gewesen.

Die Fotos in den „Bunten Blättern" jedenfalls überzeugen nicht. Deshalb legt die Dame die Journale zurück zu den anderen, schüttelt die neue Frisur zurecht, zahlt und geht nach einem letzten Blick in den Spiegel hinaus auf die Straße, hinein in eine Welt, in der die älteren Frauen immer mehr, und ganz bestimmt immer schöner werden.

Mit sich selbst befreundet

Alter, so Johann Wolfgang von Goethe, sei „das stufenweise Zurücktreten aus der Erscheinung." Bekanntlich fiel ihm selbst, der auch als Achtzigjähriger noch die strahlenden blauen Jupiteraugen seiner Jugend besaß, dieses Zurücktreten schwer. Bis an sein Lebensende hat er das Licht der Öffentlichkeit genossen.

Doch ist die Vorstellung vom stufenweisen Rückzug ins Alter eigentlich ein schönes Bild.

Die Freunde sind schon weniger geworden. Weil sie gestorben sind oder weil sie keine waren. Und eines Tages stellt man fest, daß man lieber mit sich alleine ist, sich gern unbeobachtet fühlt.

Das ist der Grund, warum Großstädte auf manche Menschen befreiend wirken. Schon am Bahnhof, bei der Ankunft, macht man sich klar: Hier kennt mich niemand und das ist schön.

Allmählich liest man auch Romane, über die alle diskutieren, nicht zu Ende. Man geht nicht zur Premiere des neuen Stücks ins Theater, weil alle dahin gehen. Und man ist auch nicht neugierig, was dazu in der Zeitung steht. Dafür geht man schon mal abends um neun ins Bett, mit einem Buch, das ganz hinten im Bücherschrank stand und das man gerne mal wieder lesen möchte. Fontane vielleicht.

Und es kann auch passieren, daß man seinen Geburtstag alleine feiert.

Das alles glückt aber nur, wenn man mit sich selbst gut im Gespräch ist. Lange genug hat es gedauert, bis man so weit gekommen ist. Es war nicht leicht, hat blaue Flecken auf der Seele hinterlassen. Und auch andere haben etwas abgekriegt.

Ist man deshalb zum Egoisten geworden? Zum alten, unfreundlichen Zeitgenossen, der sich keine Mühe mehr gibt mit den Menschen und der Welt?

Manche werden es so sehen. Aber eigentlich ist es nur so, daß einer „stufenweise zurückgetreten ist", statt nach außen mehr nach innen blickt.

Und was sieht er da? Sich selbst, und stellt fest, daß er sich kaum kennt. Also beginnt eine neue Beziehung. Geht das noch, im dritten Drittel des Lebens?

Es geht, und es kann gut enden. In einer Freundschaft am Lebensabend mit sich selbst. Dazu muß man das Älterwerden akzeptieren, nicht dagegen ankämpfen, lernen, langsamer zu werden, sich helfen zu lassen, die Dinge des Lebens so zu sehen, wie sie sind. Schritt für Schritt abgeben, zuhören, hinschauen, dabei auf sich selbst achten, für sich selbst sorgen. Natürlich ist das eigentlich gegen den Zeitgeist, denn im Rampenlicht stehen die aktiven Alten, die Senior-Experten also, die Weltreisenden, die Ehrenamtlichen, die in späten Jahren noch mit Orden und Urkunden bedacht werden. Sie sind wichtig und nützlich in unserer Zeit und an manchen Stellen gar unverzichtbar.

Aber Lebenskunst im Alter kann auch heißen: passiv sein, nur für sich und die Familie leben, endlich bei sich selbst einkehren und nur mit sich selbst befreundet sein, egal, was die anderen denken.

Gefühlt oder biologisch?

Es sind immer die anderen, die sich verändern mit den Jahren. Wir selbst, so scheint es, bleiben, wie wir sind, denn das gefühlte Alter stimmt nie überein mit dem biologischen Alter.

Damit kann man ganz gut leben. Zwar ist der Blick in den Spiegel nicht immer erfreulich, doch das läßt sich richten.

Aber dann, eines schönen Tages, kommt das Erschrecken, wenn wir Bekannten, Mann oder Frau, begegnen und feststellen, daß diese oder dieser plötzlich sehr gealtert ist.

Bestürzt erkennen wir alle Merkmale. Manche nennen das, was wir da sehen, vorsichtig „Reife", aber das beschönigt nichts, klingt eher nach altem Apfel mit Runzelhaut, erinnert an Obst kurz vor dem Verfallsdatum.

Das Erschrecken überträgt sich schnell auf die eigene Person. Sehe ich auch so aus? fragt man sich, und vor allem: Wie sehen mich die anderen? Als einen Fall für Krankengymnastik und Essen auf Rädern? Und überhaupt, wie geht das mit dem Altern?

Eines steht schon mal fest: ziemlich ruckartig, was die beschriebene Begegnung zeigt. Mit den

Geburtstagen hat das nichts zu tun. Die kommen und werden gefeiert. Schon so alt, fragt man sich ganz überrascht, sehe ich nicht viel jünger aus? Das gefühlte Alter nickt zustimmend, das biologische allerdings hat gut mitgezählt.

Egal, ob gefühlt oder biologisch, vieles relativiert sich mit den Jahren. Die große Liebe, das haben wir gelernt, ist das, was bleibt. Der große Kummer auch. Wir lieben jetzt mehr Menschen gleichzeitig als früher: Mann, Frau, Kinder, Enkel, Freunde. Das ist schon eine ganze Menge.

Und wir lieben auch die kleinen Dinge im Leben: den Kaffee am Morgen, das Bier am Abend, die Ruhe am Nachmittag. Und nachts, wenn wir aufwachen und nicht wieder einschlafen können, wissen wir, daß wir es am nächsten Morgen langsam angehen lassen.

Was noch? Wir müssen nicht mehr überall dabei sein und vor allem nicht mehr überall mitreden. Wir treffen uns nur noch mit den Leuten, mit denen wir uns wirklich treffen wollen; wir sagen laut und deutlich nein, wenn wir keine Lust haben zu irgendwas.

Leider stellen wir auch fest, daß Ungeduld aufkommt mit den Problemen der anderen. Die einen wissen nie, wohin sie in Urlaub fahren sollen, und sind überhaupt total unentschlossen, die anderen haben schon seit Jahren Beziehungsstreß, die dritten einen Hund mit Verdauungsstörungen. Früher haben wir uns das alles angehört. Heute wissen wir, daß dadurch nichts besser wurde und daß unsere Ratschläge absolut überflüssig waren. Wirkungslos vergeudete Energie und vergeudete Zeit!

Und davon hat man – aufs Ganze gesehen – nicht mehr so viel, denn das biologische Alter ist streng, das gefühlte allerdings flüstert uns ins Ohr: Alt sind die andern, jammere nicht, mach was draus!

Auf der anderen Straßenseite grüßt jemand. Es ist nicht das Alter, es ist das Leben mit einer Einladung zum Dämmerschoppen.

Urlaub bei sich zu Hause

Die Reiselust der älteren Herrschaften in unserem Land ist bekannt. Früher fuhr man mit den Kindern in die Sommerferien, mehr war meistens nicht möglich. Kaum waren die Jungen aus dem Haus, kaum der Ausstieg aus dem Berufsleben abgewickelt, ging es quer über den Globus, Bildung nachholen, Neues kennenlernen, immer öfter, immer weiter.

Gespräche an Stammtischen oder im Bus drehen sich eigentlich immer nur darum, wo man gerade gewesen ist und wohin man fahren wird. Einladungen werden immer öfter abgelehnt mit der Bemerkung: „Da können wir nicht, da sind wir unterwegs."

Mit den Jahren legt sich das. Manchmal stellt sich heraus, daß die finanziellen Mittel nicht mehr ganz so üppig sind, manchmal spielt auch die Gesundheit nicht mehr mit. Schlafen in fremden Betten hat altersbedingt viel an Reiz eingebüßt, und auch das Zugfahren ist nicht mehr wie früher.

Konnte man einst im geschlossenen Abteil ein paar Stunden ungestörter Ruhe, verbunden mit Lesen und Träumen, genießen, so sitzt man heute meist im Großraumwagen neben einem gestreßten

Jungmann, der sich an seinem Laptop abarbeitet, und wird gleichzeitig immer wieder aufgeschreckt durch hektische Klingeltöne wildgewordener Handys. Was dazu führt, daß man Neuigkeiten erfährt, die man gar nicht wissen will, über geplatzte Verabredungen, Kinderkrankheiten, Leberwerte und die Befindlichkeit verschiedener Schätzchen und Mäuschen. Mit der Reiselektüre ist man keine Seite weitergekommen.

„In diesem Sommer bleiben wir daheim", hört man jetzt wieder öfters von Älteren.

Der Entschluß kann sich lohnen. Denn die Stadt, der kleine Ort, die Region, in der man lebt, manchmal schon seit Jahrzehnten – kennt man die?

Wann war man zum letzten Mal auf der Burg oben am Berg, in der Kirche mit der herrlichen Barockfassade? Alles bekannt, natürlich! Aber der Alltagsblick hat mit bewußtem Wahrnehmen nichts zu tun. Reingehen statt vorbeigehen, heißt es jetzt, am besten schließt man sich einer Führung an, spielt Tourist und lernt die Kunstschätze kennen, die man als Schulkind zum letzten Mal besichtigt hat.

„Ich mache Urlaub in den Museen meiner Umgebung", sagt ein alter Herr, der viel von der Welt gesehen hat. Er will einfach durch die Räume wandern, nicht alles anschauen, aber stehenbleiben, wo es ihm gefällt. „Ich werde meine Lieblingsbilder besuchen“, nimmt er sich vor, „sie erzählen mir von Mal zu Mal etwas Neues. Wenn ich mich dann zurückversetze in die Zeit, in der sie geschaffen wurden, entdecke ich eine andere Welt und bleibe doch da, wo ich bin.“

Eine Reise durch die Jahrhunderte kann daraus werden, durch Stilarten und Kunstepochen. Die Route und das Tempo bestimmt man selbst.

„Erst die Fremde lehrt uns, was wir an der Heimat haben“, sagt Theodor Fontane, der große Autor des 19. Jahrhunderts, Erzähler und Menschenkenner, der als Journalist und Kriegsberichterstatter in England, Schottland und Frankreich unterwegs war, in seiner „Wanderung durch die Mark Brandenburg“. Er ist übrigens wenig gewandert, benutzte Mietfuhrwerk, Pferdeomnibus, manchmal auch die Eisenbahn. Damals noch ohne Laptop und Handygequatsche.

Gemeinsam alt werden?

Von Bekannten umgeben werden wir älter. Wir treffen uns am Wirtshaustisch, oder sie kommen zu uns nach Hause. Dann sitzen die Männer im Wohnzimmer und die Frauen verschwinden mal in der Küche, um sich die Welt zu erklären.

Mit den einen planen wir große Wanderungen, mit den anderen arbeiten wir einmal im Monat das Theater-Abo ab.

So gehen die Jahre dahin, und eines Tages fragen wir uns, ob wir eigentlich Freunde haben, Menschen, denen wir vertrauen, in denen wir uns widerspiegeln, die uns Wahrheiten sagen können, ohne daß wir beleidigt sind, und – noch schwieriger – Menschen, denen wir ihren Erfolg, ihre Schönheit, ihr Geld nicht neiden, die wir nicht als Konkurrenten betrachten.

Gehen wir also der Frage nach.

Daß Freundschaft die Grundlage aller Menschlichkeit sei, hat Hannah Arendt gesagt und uns mit diesem Anspruch in die Pflicht genommen. Und so wird das hohe Lied der Freundschaft lauthals gesungen. In weltweiten Clubs, in denen sich die Mitglieder Freunde nennen und sich auch so fühlen.

Das ist gut und schön. Aber jeder einzelne weiß auch, daß diese Freundschaften im Problemfall leicht ins Wanken geraten.

Andererseits sind es gerade auch „gute Zeiten", die Freundschaften gefährden. Wer denkt schon an andere, wenn das eigene Leben prall gefüllt ist mit Erfolgen? „Uns geht es richtig gut", so beginnt manches Gespräch, und dann folgt ein Bericht über die „Superereignisse" des vergangenen Monats, eine Aufzählung der bevorstehenden und schließlich noch ein Loblied auf die Kinder und Enkel, die allesamt „Karriere machen". Die Frage nach dem Wohlbefinden des Gesprächspartners fällt eher uninteressiert aus. Hauptsache, bei mir stimmt's!

Zugegeben, diese Schilderung ist vielleicht ein bißchen zu kraß, aber im Kern trifft sie leider ziemlich oft zu.

Hören wir dazu Adolf Freiherr von Knigge, gern zitierter Menschenkenner der zweiten Hälfte des 18. Jahrhunderts, Zeit des „Sturm und Drang" und der Seelenfreundschaften. Er betont, daß Freundschaft vor allem ein Geben und Nehmen sei und nicht einseitig werden dürfe, gleichzeitig warnt er aber auch vor überspanntem Gefühlsüberschwang.

Wie es um die Freundschaft heute steht, kann

eine simple Beobachtung klären: Wer stellt wem noch persönliche Fragen? Will jemand wirklich wissen, wie es mir geht, will jemand hören, was ich zu sagen habe?

Wer hier keine Ausgewogenheit sieht, darf daran zweifeln.

Die meisten Deutschen allerdings sehen dazu keinen Grund, und das ist die gute Nachricht, die es zu übermitteln gilt: Eine aktuelle Umfrage ergab, daß sich 80 Prozent hierzulande in einem Freundeskreis gut aufgehoben fühlen. „Wir werden gemeinsam alt", das ist ein Treueschwur, den sich Ältere gern leisten. Und der führt uns noch einmal zurück in das frühe 19. Jahrhundert: Schon Johann Wolfgang von Goethe sagte: „Ältere Freundschaften haben vor neuen hauptsächlich voraus, daß man sich schon viel verziehen hat."

Staunen wie Einstein

Sie sei neugierig wie ein Eichhörnchen und trage ihre Wissensnüsse voller Freude nach Hause, sagte neulich eine Tochter über ihre alte Mutter.

Und tatsächlich paßt das Bild großartig auf die kleine, lebhafte, etwa achtzigjährige ehemalige Lehrerin, die man überall antrifft in der Stadt, wo es um Kunst und Kultur geht. Ob ihr das immer leicht fällt, ob sie manchmal Schmerzen im Rücken hat, der ziemlich gebeugt ist, das weiß man nicht. Sie kommt und ist anwesend. Es scheint, daß ihr großes Interesse an den Dingen des Lebens sie überall hinträgt, wo sie Neues erfahren kann.

Und damit gehört sie zu jenen alten Menschen unter uns, die die Lust am Lernen nie verloren haben.

Kann man das noch, wenn man schon so alt ist?, zweifeln vor allem die Jungen. „Das verstehst du nicht“, sagen sie gerne zu ihren Großeltern und: „Sei froh, daß du das nicht mehr mußt.“ Das aber sind genau die Sätze, die nicht fallen dürften. Denn erstens sind Menschen heute mit 75 und 80 Jahren psychisch und physisch um fünf Jahre jünger, als es ihre Eltern waren, selbst geben sich die meisten sogar zehn Jahre weniger. Und zweitens gehört es zu den positiven Erkenntnissen über das Alter, daß das Gehirn nicht „verbraucht“ wird mit den Jahren, sondern leistungsfähig bleiben kann, wenn es gut gefüttert wird. Im Ruhestand möglichst mit Dingen, die Spaß machen.

Freilich, das schnelle Lernen der Jugend ist vorbei. Aber: „Je mehr und je länger man sich um Wissen bemüht und es übt, je länger und besser die Lebenserfahrung“, so die Expertenmeinung aus dem Max-Planck-Institut in Berlin, „umso besser funktionieren die grauen Zellen auch im Alter.“ Wie die der alten Dame, die nicht aufgegeben hat, sich für Dinge zu interessieren, die sie noch verstehen will.

Vielleicht kennt sie ja die Sätze von Albert Einstein, die in seinem Buch „Wie ich die Welt sehe“ zu lesen sind: „Das Schönste, was wir erleben können“, so schreibt der Nobelpreisträger 1930, „ist das Geheimnisvolle. Es ist das Grundgefühl, das an der Wiege von wahrer Kunst und Wissenschaft steht. Wer es nicht kennt und sich nicht mehr wundern, nicht mehr staunen kann, der ist sozusagen tot und seine Augen erloschen.“

Das klingt zwar ein bißchen pathetisch, stimmt aber. Vielleicht würde der geniale Wissenschaftler, der bis in unsere Zeit wie ein Pop-Star die Menschen fasziniert, heute verkürzt sagen: Gut altern ist: neugierig bleiben und staunen.

Er selbst spielte bis in seine letzten Tage Geige, rechnete und plante „gegen das Sterben im Leben", wie er es nannte, und versprach einem Freund „Treue und Anhänglichkeit bis zum letzten hochgelehrten Schnauferl".

Er starb am 18. April 1955 in Princeton im Alter von 76 Jahren.

Sollte man da noch anmerken, daß sein Gehirn bei einer Obduktion keinerlei Besonderheiten erkennen ließ?

Schon wieder Advent?

Die Zeit eilt, das Jahr ist schon in der Zielgeraden. Noch macht uns die Herbstdepression zu schaffen, die Grippe-Impfung haben wir kaum hinter uns, da marschieren in den Schaufenstern die ersten Nikoläuse auf. Schon wieder Advent, staunt man und schaut in den Kalender. Noch nicht ganz, aber Termine sind schon vorgemerkt: Benefiz-Konzerte, Adventsfeiern mit früheren Kollegen, Glühwein mit den ehemaligen Elternbeiratsmitgliedern – heute alle Großeltern – sowie Basare der Selbsthilfegruppe und aller Vereine, aus denen man immer noch nicht ausgetreten ist.

Bald hört man auf der Straße auch wieder die nervigste aller Adventsfragen, die da lautet: Wo feiern Sie? Kommen die Kinder oder fahren Sie hin?

„Wir haben uns noch nicht entschieden", antwortet man vorsichtig, denn die Blicke der Fragenden sind lauernd. Wehe, man zeigt, daß das wirklich noch ungeklärt ist. Dann denken die anderen sofort, daß der Familien-Haussegen schief hängt.

Kann ja noch kommen. Aber es wäre ja auch denkbar, daß man sagt: Nein, in diesem Jahr machen die Großeltern eine kleine Weihnachts-Urlaubsreise. Raus aus der Familientradition. Und sei es nur, um festzustellen, daß dies doch die allerbeste Art ist, Weihnachten zu feiern.

Mutige Gedanken im Advent sind das, aber vermutlich bleibt alles, wie es immer war.

Ein paar gute Vorsätze gibt es natürlich. Zum Beispiel soll die Weihnachtspost diesmal rechtzeitig erledigt werden. Also nicht erst schreiben, wenn die ersten Karten im eigenen Briefkasten liegen. Und nachfragen, wie es der guten Frau Huber geht, die seit Jahren im Altenheim lebt und auf Besuch wartet. Eigentlich hätte man ja im Sommer auch mal vorbeischauen können. Da tut sich wenig im Seniorenheim, das Personal hat schließlich auch mal Urlaub. Weihnachten dagegen kommen alle Kommunalpolitiker und Verwandten, um zu zeigen, wie sehr sie sich um die Alten sorgen.

Natürlich will man selbstgebackene Plätzchen mitbringen. Wenn die bis dahin schon fertig sind, was eher unwahrscheinlich ist, also wird man welche kaufen. Die allerbesten Plätzchen der Welt hat sowieso Frau Huber selbst gebacken, vierzig Jahre lang, und verläßlich immer am ersten Advent welche vorbeigebracht. In den letzten Jahren hat sie immer gesagt: „Laßt es euch schmecken, vielleicht backe ich ja nächstes Jahr nicht mehr.“ Irgendwann war das dann der Fall.

Ja, und dann wäre da noch die Frage mit dem Baum zu klären. Wenn Enkelkinder ins Haus kommen, stellt sie sich nicht. Natürlich werden die Großeltern einen Christbaum haben, ganz so, wie es immer war. Aber wenn sie nicht kommen, dann genügen doch eigentlich ein paar schöne Zweige. Natürlich müssen die Engel aus dem Keller geholt werden und die Krippe auch. Dann könnte man auch gleich wieder einen Baum aufstellen, denkt man und verschiebt die Entscheidung erst einmal.

Es ist ja noch Zeit, man kommt ja ganz durcheinander mit den vielen Nikoläusen.

Und überhaupt: Zunächst einmal muß der Adventskranz auf den Tisch!

Man muß das Alter leben

In ihrem Zimmer steht ein Telefon, wie es heute niemand mehr hat. Daneben liegt ein abgegriffenes Büchlein mit vielen Namen und Zahlen, Telefonnummern, die sie mit der ganzen Welt verbinden.

Denn Edith H. ist viel herumgekommen. Nicht immer war gut, was sie dabei erfuhr: zwei Kriege haben ihr Leben durchgeschüttelt, Menschen, die sie liebte, hat sie verloren, aber die Realität hat sie immer im Auge behalten. Und so ist sie heute in dieser kleinen Wohnung zu finden, in der sie nach einem langen Berufsleben als Sekretärin in einer Behörde seit fast vierzig Jahren als Rentnerin ihre Tage verbringt.

„Zufrieden“, wie sie sagt, „und darauf kommt es an. Man muß zufrieden sein, denn was sollte man noch ändern, wenn man einmal so alt ist?“

Ihr Tagesablauf allerdings habe sich ganz von selbst geändert mit der Zeit, sei immer überschaubarer geworden. „Alles wird ein bißchen weniger und kleiner, ich auch.“ Am Spätnachmittag telefoniere sie gern mit denen, die aus ihrer Generation noch geblieben sind, aber auch mit deren Kindern und mit jüngeren Bekannten. Ihre Welt sei zwar anders geworden, aber immer noch ihre Welt. Und wer das Glück hat, mit ihr ins Gespräch zu kommen, dem öffnet sie die Türe um einen Spalt und läßt ihn hineinschauen in diese andere Welt.

Manches müsse sie heute anders organisieren als früher, sagt sie: Einkaufen, Arztbesuche, Kirchgang, aber auch damit könne man leben. Ihre kleinen blauen Augen, die sich immer mal wieder für Sekunden schließen und die umgeben sind von einem feinen Netz tiefer Falten, blicken munter. „Manches geht nicht mehr, und dann muß ich mir etwas einfallen lassen, um doch noch so leben zu können, wie es mir gefällt." Sie schaut auf ihre Füße. „Die wollen nicht mehr so recht", brummt sie, „die haben ihre Mucken nach so vielen Jahren. Das ist unerfreulich, aber reden wir nicht darüber."

Sie weiß sehr wohl, daß alte Menschen heute argwöhnisch betrachtet werden, weil man vermutet, daß sie der Gesellschaft Probleme bereiten werden. Auch das findet sie unerfreulich, auch darüber will sie nicht reden.

Falls aber die Prognosen der Altersforscher stimmen, sind gerade diese Hochbetagten, zu denen auch Edith H. gehört, wichtige Vorboten unserer Zukunft. Denn die Hälfte aller heute geborenen Mädchen und ein Drittel der Jungen werden einmal ihren 100. Geburtstag feiern können.

Eine Entwicklung, die Wissenschaftler auf der ganzen Welt antreibt, dem Mysterium des Alterns auf die Spur zu kommen. Sie vermuten es in einem bestimmten Gen. Vielleicht verfügt auch Frau H. darüber. Gedanken macht sie sich dazu nicht, allerdings ist sie sehr darauf bedacht, ihre grauen Zellen in Bewegung zu halten. „Täglich mache ich Gymnastik mit ihnen. Zeitunglesen gehört dazu, tief durchatmen am offenen Fenster – da möchte ich manchmal die Arme ausbreiten und fliegen. Und telefonieren eben, aber noch lieber mit Menschen sprechen, hier in meiner Küche, über das, was sie tun."

Nicht über das Alter? „Nein", sagt sie ziemlich energisch. „Über das Alter muß man nicht reden, das muß man leben."

Und während sie noch ihrer eigenen Stimme nachhorcht, legen sich ihre Hände wie kleine uralte Wurzeln auf die des Besuchs. „Schreiben Sie das: Man muß das Alter leben. Das gilt für alle. Egal ob reich oder arm. Leben!"

Liebe Leserin, lieber Leser!

Sie haben es festgestellt: Wolkig bis heiter, wechselhaft wie das Wetter, so ist auch die Stimmung in den 24 Kapiteln dieses Büchleins, die vom Älterwerden erzählen.

Was das mit dem Wetter zu tun hat?

Eigentlich nichts.

Aber wie auf das Wetter, so kann man sich auch auf das Alter einstellen. Sich vor Eintrübungen schützen, sich ausrüsten mit den richtigen Abwehrkräften, sich anfreunden mit Veränderungen und das Beste daraus machen.

Zum Glück gibt es immer mehr Menschen, denen das gelingt, die ihr Alter realistisch, gelassen und oft mit Humor betrachten. Sie haben eine „Lebenskunst des Älterwerdens" entwickelt, die vielerlei zu bieten hat, die schöne Erfahrungen ermöglicht und die wir dringend brauchen.

Die Texte in diesem Buch schöpfen aus Begegnungen und Gesprächen mit solchen Menschen, und dafür sei gedankt.

Charlotte Breyer
im August 2005